그대가 곁에 없어
바람에 꽃이 집니다

강
원
석

시
집

그대가 곁에 없어
바람에 꽃이 집니다

1판 1쇄 발행	|	2017년 5월 1일
1판 2쇄 발행	|	2017년 6월 15일
지 은 이	|	강원석
발 행 인	|	조규백
발 행 처	|	도서출판 구민사
	|	(07299) 서울특별시 영등포구 당산로 2길 12, 1004호
디 자 인	|	손송희
전 화	|	(02) 701-7421(~2)
팩 스	|	(02) 3273-9642
홈 페 이 지	|	www.kuhminsa.co.kr
등 록	|	제14-29호 (1980년 2월 4일)
값	|	12,000원

ⓒ 강원석 2017

I S B N ┃ 979-11-5813-446-4 [03810]

그대가 곁에 없어
바람에 꽃이 집니다

강원석 시집

구민사

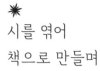

시를 엮어
책으로 만들며

　30대 중반에 두 권의 책을 낸 적이 있다. 글쓰기를 좋아해 매년 한 권의 책을 쓰리라 마음먹었는데 그로부터 13년 만에 시집을 출간하게 되었다. 앞으로 몇 권의 책을 더 낼지는 모르겠지만 글을 쓰고 책을 출간하는 건 향기 짙은 꽃을 피우는 것만큼 행복한 일이다.

　삶을 살다 보면 힘든 일도 있고 또 누군가에게 위로 받고 싶은 때가 있다. 작년 가을부터 스스로를 위로하기 위해 쓴 시가 뜻밖에도 세상에 선보이게 되었다. 시가 와인처럼 오래도록 익어야 하는 것은 아니기에 용기를 낼 수 있었다.

　시의 주제는 주로 사랑과 행복, 이별과 그리움 그리고 추억이다. 사랑의 궁극적 목적은 행복이지만 사랑을 한다고 해서 늘 행복하지도 행복하다고 해서 늘 사랑을 하는 것도 아니다. 사랑 곁에는 항상 이별과 그리움이 머물고, 행복도 불행이라는 걸림돌이 있기 때문이다. 그래서 사랑도 행복도 더 커 보이는 것이다. 사랑하지 못해서 행복하지 못해서이기보다는 사랑하고 싶어서 행복해지고 싶어서 시 속에 그 마음을 담았다.

　이별은 그리움의 시작이다. 그리움이 깊으면 그것이 익어서 나중에는 추억이 된다. 지금의 이별과 그리움, 이로 인해 가슴 저리는 시간들도 곧 웃으며 떠올릴 그런 날이 올 것이다. 그렇게 믿기에 시 속에 담았다.

　한 편의 시를 완성하기까지 백 번도 넘게 읽었던 것 같다. 부족함이 많은 것을 알지만 그것을 하나씩 채워갈 때 그 의미는 더 클 것이다. 남에게 보여주기 위해 쓰는 시이기 보다는 나 자신이 만족하는 시를 쓰고 싶다. 그것을 누군가가 좋아해 준다면 이 보다 기쁜 일도 드물 것이다. 위로받기 위해 쓴 시가 다른 사람이 읽어서 작은 위로가 될 수 있다면 무엇보다 값진 일이 아니겠는가. 나의 시 한 편이 은은한 꽃향기가 되어 당신의 일상을 여유롭게 깨워주었으면 한다. 개정판이 나올 수 있게 새 옷을 입혀준 구민사에 감사드린다.

설레는 마음으로

강원식

✳

차례

하나. 꽃이 지면 그리움도 떠날 테니

둘. 바람은 꽃을 때려 향기를 지우고

셋. 식어버린 사랑 그보다 더 차가운 눈물이여

넷. 너의 하늘에 닿지 못한 나의 그리움

다섯. 별은 저녁에 다시 뜨고 꽃은 봄날 또 피는데

여섯. 남몰래 커버린 풀잎마다 이슬이 열리고

하나.

꽃이
지면 그리움도
떠날 테니

능소화꽃이 떨어지면 가을은 오고

여름 가득 피어 있던
능소화꽃이
빗줄기 따라
힘없이 떨어진다
시든 모습 보이기 싫어서
그 빛깔 그대로

잎에 내린
빗물이 무겁다며
그냥 떨어진다
물빛이 든
주황색 꽃잎은
아직도 고운데

바람에 지지 않고
빗속에 지는
꽃의 상심을 누가 알겠는가

감추었던 서러움이
빗줄기 따라 흐른다
빗물인지 눈물인지
알지 못하게

꽃이 떠난 담벼락에
햇볕은 다시 드리우고
바람은 말이 없다

능소화꽃이 지는 슬픔을
아무도 모른 채
그렇게
비는 내렸다 그치고
가을은 또 찾아온다

안개가 핀 날에는

구름이 땅에 내려
안개가 핀 날에는

하얀 안개 속을
그녀의 손을 잡고
걷고 싶어라
내 마음 안개 속에 감춰두고
말없이
살포시
그렇게 손잡으면

그녀는 모르겠지
구름 위를 걷는 듯한 이 설레임

맑은 날에는 눈부셔
마주보는 것도 수줍어라

꽃을 위해

시든 꽃잎이라고
따서 버리지 말아요

떨어진 꽃잎이라고
발로 밟지 말아요

꽃은
활짝 피어서

기쁨을 주고
향기를 주고
꿀까지 주며
사랑을 다 바쳤는데

당신은 꽃을 위해
물 한 방울 준적이 있나요

꽃이 서운하여
어쩌면 피지 않을지도 몰라요

해 질 무렵 가을 들녘

남실바람 불어와
개울가에 살며시 내려오면

솜털 입은 갈대송이
물결 따라 덩실거려 춤을 추고

단감나무 가지 위에
홍시 꽃이 붉게 피면

어미까치 날갯짓에
겁 많은 밤귀뚜리 놀라서 울어댄다

밭두렁에 늙은 호박
황혼 빛에 아름드리 무르익고

풍년든 논바닥에
노오란 벼 잎사귀 웃음 짓고 노래하면

해바라기 꽃잎마다
노을 안은 빈 들녘에

이삭 줍는 아낙 뒤로
땅거미는 짙어온다

가을 저녁 해 질 무렵
고향 생각 님 생각에

그리움은 낙엽 되어
바람 따라 나부낀다

눈물 모아 강길 내고

가을 내음 향기 돋는
국화꽃 잎사귀에
때 이른 서리 손님이 찾아오면

외로움이 젖어든
아픈 내 마음에
그리움은 쓸쓸하게 다가오고

그대 없어 홀로 된
빈 저녁에
고개 들어 하늘 저쪽 바라보면

작은 새 한 마리
서글픈 하루를
힘겨워 날아가네

흘러가는 구름 사이로
스며드는 노을은
멍한 가슴 물들이고
슬픈 얼굴 적셔 놓네

떠나버린 그리운 님
다시 볼 수 있다면

눈물 모아 강길 내고
한숨 모아 배 만들어

그대 있는 먼 곳으로
노 저어 가려 하네

하염없이 하염없이
노 저어 가려 하네

말할 테요

왜 우느냐고 누군가 물어온다면
눈물을 닦아 줄 사람이 떠나고 없어
울고 있다고 말할 테요

무엇이 그 사람을 떠나게 했냐고 물어온다면
못난 내 사랑이 부족해
떠났다고 말할 테요

왜 붙잡지 않았냐고 물어온다면
붙잡아도 떠나버리면 그 사람 미워질까 봐
그랬다고 말할 테요

진정 그 사람을 사랑했냐고 물어온다면
사랑하지 않았다는 말을 못해
그냥 묵묵히 고개를 떨굴 테요

꽃이 지면 그리움도 떠날 테니

꽃이 진다고 슬퍼하지 말아요
꽃이 지면 그리움도 떠날 테니

꽃잎에 앉아 바람 따라 흘러가면
흰 눈 속에서 한참을 익었다가

세월가면 추억으로
다시 돌아 올 테니

꽃이 진다고 슬퍼하지 말아요
꽃이 지면 그 꽃잎 따라서
그리움도 떠날 테니

동심

해바라기 두 그루
길게 서있는
코스모스 꽃밭에서

키보다 큰
잠자리채 들고
낮은 하늘을 이리저리 저어 봅니다

꼬마 녀석 힘없는 손놀림에
잠자리는 피식거리며
도망을 다니고

빨리 잠자리를 잡고 싶은
녀석의 이마엔
송골송골 땀방울이 맺히고

옆에서 구경하던 동무들은
서로 해보겠다며
발을 동동 구릅니다

가을이 살짝 열릴 즈음
여유로운 휴일 오후에

아이의 동심은
즐거움 속에 깊어가고
아빠의 추억은
웃음 속에서 깨어납니다

이별 뒤 내리는 비

저 하늘에 내리는 것은
분명 빗물인데
내 얼굴에 흐르는 것은
정녕 눈물인가

돌아선 그대가 말한 것은
떠난다는 이별이고
고개 숙인 내가 붙잡은 것은
끊어진 연정이어라

함께 사랑한 날들은
빗줄기 속에 흩어지고
가슴속 슬픈 고뇌는
눈물 되어 떨어지네

또 비가 내린다

또 비가 내린다
나는 슬픈데

저 비의 마음이 나와 같다면
나는 비를 이해할 수 있겠지

내 마음도 저 비가 알아줄까

우산 쓰고 비옷 입고
젖지 않으려 움츠린 이 마음을

슬픔이 든 얼굴에
비까지 적셔오면

나는 비보다 더 크게 울어 버릴 텐데

코스모스 꽃잎 위에 사랑이 찾아들면

이슬 나그네 입맞춤에
여린 꽃잎 붉어지고

수줍은 마음
애써 감추려

고추잠자리 날개 끝에
그 마음 실어보네

단풍나무 가지위에
사알짝 내려앉아

들국화 향기 안고
산등성이 올랐다가

흘러가는 구름타고
쪽빛 하늘 맴도누나

피는 노을 속에

그 이름 불러보니

코스모스 꽃잎위에

바람 되어

찾아드네

사랑되어

돌아오네

그대가 곁에 없어 바람에 꽃이 집니다

바람 부는 날에

그대가 생각나
그대 닮은 꽃을 봅니다

꽃을 손으로 만지면
그대의 향기가 묻어나고

꽃을 눈으로 마주보면
그대 그리움으로
가슴에 꽃물이 듭니다

꽃이 바람에 떨어지면

마음속에
붙잡아 둔 사랑마저
떠날까 봐

참았던 눈물이
소리 없이 흐릅니다

꽃은 바람에 져서 울고
나는 그 꽃잎 바라보며 웁니다

바람 부는 날

그대가 곁에 없어
바람에 꽃이 집니다

가을풍경

아기 잠자리 힘찬 날갯짓에
연분홍 코스모스는
산들거리며 춤을 춥니다

붉게 익은 사과나무가
하늘 보며 가슴을 필 때
담장 너머 포도알은
옆집꼬마를 유혹하네요

울긋불긋한 산자락에
갈색낙엽이 흩날리고
불어오는 바람결에
국화향기는 가득합니다

참새 쫓던 허수아비가
쉬고 앉아 땀을 닦으면
밤나무에는 사랑이 열리고
대추나무에는 행복이 핍니다

그리운 고향마을에
노을은 짙게 깔리고
가을은 정겹게 물들어 갑니다

둘.

바람은
꽃을 때려
향기를 지우고

바람은 꽃을 때려 향기를 지우고

살짝 드리운 아침 볕에
꽃잎 위 무서리는
이슬 되어 반짝이는데

어디선가 불어온
낯선 바람이

꽃을 때려 향기를 지우고
꽃잎을 흔들어
고운 빛깔 훔쳐가네

바람 따라 꽃이 울고
눈물 젖어 꽃이 지네

바람이 아픔을 주고
떠난 자리에

가을은

슬픔으로 남아
겨울이 되었네

안개꽃 모양 흰 눈 내리는
겨울이 되었네

낙엽에 글을 쓰다

둘이서 걷는 길에
낙엽이 쌓이면
우리는 낙엽을 밟으며
바스락 거리는 소리를
귀로 듣고
눈으로 봅니다

마주잡은 두 손에는
사랑이 흐르고
고즈넉한 남산 길에서
우리의 모습은 그림이 되고
우리의 이야기는 음악이 됩니다

그렇게 그녀와 나는
가을을 걸었습니다

다시 찾아 온 그 곳

그 길 위에는

지나간 흔적이 보이지 않습니다

그림도 음악도 없습니다

그냥 낙엽만 떨어질 뿐

혼자서 걷는 길에

낙엽이 쌓이면

나는 낙엽을 주워 글을 씁니다

감출 수 없는 그리움의 언어들을

낙엽위에 눌러 씁니다

떠나갈 사람에게 사랑을 줄때도

바스러질 낙엽에 글을 쓸 때도

그 순간은 행복입니다

이렇게 나는

가을을 걷습니다

아침 달

찬 기운에 옷깃 여미는 이른 아침
마당에 낙엽 쓸러 나왔다가

서편 감나무 가지위에
큰 감이 열려있어 바라보니
간밤에 찾아 온 보름달이
여태 떠 있네

함께 놀던 샛별은 벌써 가고 없는데
무슨 미련일까

여명도 지나가고
달님은 아직도 머물고
오던 해는 발걸음을 늦추어
달이 지기를 기다리네

달은
길가는 나그네를 밤새 비추다가

고단함을 내려놓으려
나뭇가지에 앉았을까
날은 밝았는데

낙엽 날리는 소리에
가을제비 깨어 우니
어느덧 아침 달은
향기 배인 바람 따라
하늘 멀리 사라지네

해는 서서히 떠올라 마당을 비추고
달이 떠난 감나무 잎사귀에는
국화 향만 쓸쓸히 묻어나네

아마도 달은
만나지도 못할 해를 기다리며
그곳에 그리도
머물렀나보다

국화꽃 떨어지면

담장 아래 마당 위로
국화꽃이 떨어지면

그 꽃잎 주워 다가
우물가 두레박에 띄워둘까
옹기 속에 고이 모셔
장독 뒤에 숨겨둘까

뜨락 가득 피어 놀던
국화꽃이 떨어지면

그 향기 잊을 새라
꽃잎으로 베개 삼고
잎사귀로 이불 지어
우리 님 잠자리에 살며시 뉘어둘까

국화꽃이 떨어지면

그 꽃잎 지고나면

개울물에 실려가고

바람결에 날려가네

내 님은 떠나가고

가을은 슬피 우네

숲속마을 가을잔치

금빛 햇살이 내려와
초록 잎사귀에 갈색 옷을 해 입히면
정겨운 숲속마을에
한바탕 잔치가 벌어진다

안방마님 단풍나무는
손님 맞을 채비로 꽃단장을 하고

송알송알 열매달린
부엌데기 은행나무는 음식준비에 분주하다
이웃동네에서 품앗이 온
주렁주렁 꿀밤나무는 옆에서 일손을 돕고

종달새 악단장이 지휘봉을 흔들면
앞집 사는 산까치
뒷집 사는 참새가 합창을 하고
마실 나온 귀뚜라미는 기타를 친다

지나가던 나그네 실바람이
코스모스 꼬드겨 덩실덩실 춤을 추니
마당 쓸던 잠자리가 샘이 난 듯 끼어들어
함께 뛰고 논다

멀리서 바라보던 뭉게구름이 흥에 겨워
갈 길 바쁜 노을님의 옷소매를 붙잡으면
웃음소리 커지고 박수소리 터지니
구경꾼이 무리지어 모여든다

신나는 음악 풍성한 음식
가을손님 찾아 든 숲속마을에
하루 종일 동네잔치가 한창이다

낙엽의 꿈

낙엽이 꿈을 꾼다
푸른 녹음 가득 품고
하늘 높이 뻗어 있던
화려했던 지난날은
이제 내려놓고

고개 숙인 겸손함으로
삶의 뒤안길을 돌아보며
마지막 꿈을 꾼다

사랑했던 가지와 작별하고
언젠가 만난 듯한
갈바람 너울타고
어디론가 떠나간다

개울가에 떨어져
시냇물을 지나 강물에 흘러
큰 바다에 닿지 않아도 좋다

땅속 아래 거름 되어
봄날 새잎으로 태어나고 싶은
그런 사치는 부리고 싶지 않다

단지 벌레 먹어 초라한 모습으로
쓰레기통 옆에 쌓인 채
잊혀져간 존재는 안 되기를 바래본다

그냥 추억 품고 사랑 담은
한 장의 책갈피가 되어

소녀의 일기장에
오래도록 함께 하기를
그렇게 되기를 빌어본다

낙엽은 꿈을 꾼다
바람 따라 날리우며
향기 배인 꿈을 꾼다

기다리는 마음

인기척에
혹시나 왔을까
싸리문 활짝 열어
바깥을 내다보니

멧비둘기 두 마리가
다정한 양 날아와
모이를 쪼고 있네

그 모습 샘이나
수수 빗자루 비질하여
흙먼지를 날려보네

길을 잃었을까
해는 저무는데
님은 오지 않고
기다림은 애달퍼라

님 오시면 쬐려
쓸어 모은 낙엽에
혼자 불 지피면

그리움은
연기처럼 피어나고
내 마음은
불꽃 속에 재가 되네

야속한 님아
낙엽이 다 타고 저 불이 꺼지면
이 몸은
연기 되어 날아갈 테니

오려거든 얼른 오소서
그 걸음 재촉하여
얼른 오소서

가을에 갇히다

낙엽이 지는데
눈이 날린다

낙엽 덮은 눈 위를 걸어보면

겨울은 진즉에
내 그림자를 밟고 있는데

나는 여태 가을 속에 서 있다

떠날 수 없는
그 아름다움에 빠져

사랑에 묶이어
가을에 갇혀 버린 나

나는 지금 겨울로 가지 못한다

떠나는 가을이여

왜 이리 서둘러 가시나요
물들지 않은 잎새가 아직 많은데

뭐가 그리 급한가요
서리도 이제야 내리는데

이렇게 떠나야 하나요
겨울새는 울지도 않았는데

붙잡아도 머물 수 없음을 알기에
더는 보채지 못합니다

하얀 겨울 속으로
떠나는 가을이여
무정한 님이시여

가을비 단상

1

가을 숲이 향기로운
수목원 산책길을
가만히 걸어본다

고요한 숲길에
소풍 나온 아이들의
참새 소리 같은
재잘거림이 정겹다

2

의자 놓인 쉼터 둘레로
안개가 피어나는가 싶더니
어느새 그 속으로 비가 내린다

풀밭을 노닐던 여치가 비를 맞아
빗물인 듯 이슬인 듯
연두 날개에 젖은 물기를 털어낸다

가을을 그리며 내리는 비는
오솔길 단풍잎을 적셔
청단풍 홍단풍 진하게 물감을 칠한다

사랑 실은 가을비에
국화는 노랗게 피어 그 향기 짙어지고
산사나무 열매 끝은 붉은 빛깔을 더해간다

3

소풍 길에 비를 만난
아이들이
우산을 쓰고
비와 놀며 걸어온다

빗소리 음악 되어 퍼지는
풋풋한 풀길 위에서
아이들은
눈동자에 가을을 담고
마음속에 추억을 새긴다

그 틈에서 나는
말라가는
내 기억 안의 가을을
하나 둘 끄집어낸다

낙엽은

바람이 여름을 날아와
가지에 머물면
나뭇잎은 사랑을 떠나
낙엽이 된다

바람은 낙엽을 날려
가을을 꾸미고
가을은 낙엽을 태워
겨울을 부른다

낙엽은 고통으로
가을을 넘지만
그 속에 꿈을 담아
계절을 만든다

하아얀 눈이 되어
겨울을 깨우고
빠알간 꽃이 되어
봄에서 피어난다

가을의 끝에 서서

처마 밑에 걸어둔 곶감이
바람에 목욕하고
진한 밤 색깔 탐스러워지면
가을은 향기롭습니다

숲에서 날아온 낙엽들이
도랑가 바윗돌보다
높이 쌓여지면
가을은 저만치 갑니다

모두 떠난 가지 위에
혼자 남은 모과의
황금빛이 더욱 짙어지면
가을의 사랑이 보입니다

가을의 끝에 서서

겨울의 인내와

봄의 꿈과

여름의 땀방울을

생각합니다

그 무엇도

헛되지 않았기에

가을의 끝은

영롱한 아름다움으로 남습니다

저녁 선물

노을빛이 참 아름다운
서쪽하늘 보며

잘 익은 사과 몇 개 사들고
집으로 가는 발걸음은
가볍기만 합니다

아내의 밥 짓는 향기가
집안을 가득 채울 때쯤

귀여운 딸아이는
학원에서 돌아오고

강아지는 꼬리를 흔들며
반갑게 맞아 줍니다

평범한 하루가 저무는 때에
가족이 한자리에 모이면

오순도순 이야기 속에
사랑이 퍼집니다

그 시간은
행복을 가꾸는
귀중한 선물입니다

일상이 주는
값진 저녁입니다

셋.

식어버린 사랑
그보다 더 차가운
눈물이여

겨울 속 가을

가을,
내가 너를 보내지 못했던 것은
서리 맞고 낙엽 지는 너의 처지가
가련해서가 아니다
잔뜩 웅크리게 만드는
겨울이 싫어서는 더욱 아니다

가을에 와야 할 사람이 있었기에
겨울 되면 못 올 것이어서
가을의 끝을 붙잡고
성긴 나뭇가지 사이로
내리는 흰 눈을
그리도 힘겹게
피하고 있었던 것이다

부질없는 연모인줄 알면서도
쉽게 놓지 못했던 까닭은
내 영혼의 상처가 너무 깊어
사랑이라는 미련함에
기댈 수밖에 없었기 때문이다

겨울 속 가을,
그 사람이
기어이 오지 않아
더 이상 머물 수가 없다
붙잡아도 가을은 가고
막아도 겨울은 오기에

가을 안에 너를 담아
추억으로 보내고
이제 나는 겨울로 간다

첫눈 날리는 시골마을

새하얀 첫눈이
하늘을 거닐다 나뭇가지에 앉으면
가을 잎은 기다린 듯 자리를 비켜주네

강가 풀밭에 무리지은 종다리
둥지 틀어 겨울나기 준비하면

참나무 그늘에 아기다람쥐
바쁘게 뛰고 놀며 도토리를 모아 줍네

겨울 채비 분주한 들녘에는
일손 돕는 어린 농부
모이 쪼는 참새에게 눈 맞추고 웃음 짓네

옹기종기 모여 있는 농가마다
저녁 짓는 굴뚝 연기 모락모락 피어나고

할아버지 화롯가에 손주들은
군고구마 내음 속에
눈망울이 빛나는구나

외양간에 송아지
배고파서 울어대니
흰 눈을 쫓아 놀던 강아지가
덩달아서 짖어대네

첫눈 날리는 시골 마을에
바람 지고 구름 이고
겨울이 오네

가을이 지고 있네
겨울이 피고 있네

벙어리장갑

1

불어오는 겨울바람이
온몸을 움츠리게 만들면
소녀의 손이
주머니에 꼭꼭 숨어
나오지를 않습니다

눈이라도 내린다면
눈송이를 만지려
내미는 손을 잡아
품속에 숨겨 온 벙어리장갑을
살며시 끼워줄 텐데

수줍은 소년
하늘 가린 구름 보며
눈이 오길 기다립니다

2

착한 소녀
소년의 마음을
아는 모양입니다
끼고 온 장갑을
가방 속에 감추고
주머니에 손을 넣었습니다

눈이 내리면
소년이 준
벙어리장갑을 끼고
양손 가득
흰 눈을 담을 텐데

소녀는 설레는 마음으로
그리운 눈을 기다립니다

3

파란 하늘은
회색빛으로 변하였는데
보고픈 눈송이는
아직도 소식이 없습니다

바람은 저녁으로 불고
구름은 서서히 걷혀가고
그 틈 사이로
겨울 노을이 내려와
두 사람의 얼굴을
빨갛게 물들입니다

소년의 품안에서
소녀의 가방에서
숨어 있는 벙어리장갑만
못내 아쉬워 애를 태웁니다

세 밤 자고 온다던 엄마

아이가
잡은 손을 놓지 않아
엄마는 길을 못갑니다

이 손을 놓으면
영원히 엄마를
못 볼 것 같아
아이는 손을 더 꼭 잡습니다

다섯 살 어린 아들의
두 눈에는 구슬 같은
눈물이 뚝뚝 떨어집니다

엄마는 가야 하는데
차시간은 이미 지났는데
발걸음을 뗄 수가 없습니다

할머니가 아이를 끌어안습니다
손과 손은 떨어지고
엄마는 옷고름에
눈물을 훔치며
마을 어귀를 돌아서 갑니다

대나무 밭에는
바람이 울고
마른 하늘에는
흰 눈이 내립니다

그렇게 떠난 엄마
세 밤 자고 온다더니
다섯 밤이 지나고
열 밤이 지나도
오지를 않습니다

하얀 베신 사서
꼭 온다던 엄마
새 신발이 없어도
엄마만 오기를
기도합니다

할머니 품속에서
아이는 오늘도
지친 잠을 잡니다
엄마를 기다리며
열한 밤째 잠을 잡니다

얼어붙은 밤하늘에
별은 떨어지고
아이의 꼭 쥔 두 손에는
엄마가 사준 유리구슬이
별빛처럼 반짝입니다

첫눈 닮은 첫사랑

하얀 바람타고
먼 하늘을 날아 왔나
오랜 기다림 속에
반가운 첫눈이 내린다

첫눈은
겨울의 축복인데
언제나 그렇듯
쌓이지도 않고 그냥 녹아 버린다

그리도 기다렸는데
아쉬움을 감출 수가 없네

처음 찾아 온 어릴 적 그 사랑도
첫눈처럼 가슴 벅차게 다가와서
허무하게 떠나갔다

여린 마음속에
애잔한 추억 남기고
가버린 옛사랑

첫눈 오면
그 사랑이 그리워진다
두근거리고 설레이던
그래서 가슴 아팠던 첫사랑이

첫눈, 쉬이 녹지 말고
함박눈처럼 가득 내리면
한겨울 그 속에서
오래도록 사랑이 머물 것을
왜 그리 서둘러 가는가

겨울 오면 첫눈 내리고
첫사랑은 그렇게 또 그리워진다

눈 덮인 나루터

얼어붙은 강가에
시간이 멈춘 듯 적막이 흐르면
마른 갈대 잎에
바람은 잦아들고

눈 덮인 나루터에
사공 없는 빈 배 하나
하릴없어 가만히
노를 놓아 쉬고 있네

저 배를 타야
보고픈 님 찾아
강 건너 갈 터인데
야속한 강물이
겨울 틈에 얼어
뱃길을 막아선다

모닥불 피워서
언 강을 녹이고
입김을 불어서
빈 배를 띄울까

해는 지고
갈 길 몰라 막막한데
눈마저 날리어
님이 남기고 간 발자국을 지운다

울적한 마음 가눌 길 없어
하늘보고 탓을 하니

어두움 깔린 밤하늘에
눈구름은 비껴가고
시린 달빛이 내려와
쓸쓸한 내 어깨를 감싸네

겨울 감나무

감나무 가지위에
잎은 벌써 지고
바람도 떠났는데

홀로 남은 빨간 감은
무슨 이유로 외롭게 매달렸나

겨울밤 찬 공기에 얼었다가
아침 햇볕에 다시 녹고

소복이 쌓인 눈을
머리에 가득 이고
그 무게 힘든데
그토록 무던히 가지 끝을 지키나

그리운 님이 있어 기다리나
둥지 떠난 들까치는
오래전에 날고 없는데

가는 세월을 막아서려나
눈보라가 거세지면
흔적 없이 떨어질 것을

가을가고 겨울 오듯
떠나는 이 붙잡을 수 없고
흐르는 시간 멈출 수가 없는데

애처로운 저 겨울감은
그것을 왜 모르나
바람같이 머물다
지고 나면 그만인 걸

고드름 어는 밤

기와지붕 위에
쌓여 있던 흰눈이
한낮 햇볕에 녹아
빗물처럼 떨어지더니
긴 밤 찬바람에
처마 밑 고드름이 되었네

고드름이 얼면
겨울은 추워서
멋스러움 더해지고
고드름이 녹으면
겨울은 차가움을
잠시 내려놓아
포근한 매력을
살짝 보여준다

바쁜 해가
서둘러 먼 산을 넘어가면
저녁별이 느긋이 반짝이고
고드름은 다시
뾰족이 날 세우고
처마 밑을 지키고 서네

눈 덮인 시골집
고드름은 얼어
겨울밤은 깊어가고
어두운 방 밝힌
그윽한 촛불 빛에
쌓여진 상념은
소리 없이 부서진다

달님에게

저 달이 지면
내 님은 떠난다네

긴 밤을 넘어
짧은 아침이 오면
달빛을 쫓아 떠날 거라네

바람아 바람아
겨울바람아
세차게 불어
저 달이 지지 못하게 얼려버리렴

구름아 구름아
뭉게구름아
하늘을 덮어
저 달이 앞을 못 보게 가려버리렴

그래야 우리 님

떠나지 못하리

달님아 달님아

가엾은 달님아

너를 붙잡아

그 님이 머물 수

있겠냐마는

이렇게 밖에

할 수 없는

나를 이해해 주렴

보내야만 하는

슬프도록 답답한 이 마음을

눈보다 시린 슬픔

어제 하루 종일
눈을 기다렸는데

폭설이 와서
길을 막고
온통 세상을 덮으면
너 떠날 수 없을 것 같아서

차마 붙들지를 못하고
흰 눈에 기댄 채
내 곁에 머물기를
간절히 바라였네

지난 밤 너는
말없이 가버리고
혼자된 나에게로
이제서야 눈이 내리네

무작정 날리는 눈
그 눈은
너를 찾아 나서는
발길조차 돌려놓네

혹시 님이 다시 오려나
길 위에 내린 눈을
쓸고 또 쓸고

한참을 비질해도
눈은 쌓이고

그 속에
우두커니 남은 나의 가슴엔
눈보다 시린 슬픔이
더 많이 쌓이고

겨울비

올 사람이 없는데
누군가 창문을 두드립니다
사랑을 이루지 못한 나의 눈물일까요
겨울의 끝자락에
눈꽃이 될 수 없어
빗방울로 남아 유리창에 내립니다

한밤을 적시는
차디찬 겨울비처럼
내게 온 이별은
그 빗물 따라서 낯설게 다가와
익숙하지 않은 슬픔을
그리도 남깁니다

식어버린 사랑
그보다 더 차가운 눈물이여
겨울도 울어버린 이 밤에
참지 못하고 저리도 흐릅니다

겨울이 떠날 무렵

벚꽃이 언제 피었나요
새봄이 몰래 온 건가요

간밤에 눈이 내려
꽃잎이 앉을 자리에
하얀 눈꽃이 피었습니다

겨울은 아직도 얼음을 얼리는데
마음속 한 켠에는
벌써 봄바람이 부네요

때가 되면 가지에 새순 돋고
꽃이 피면 새가 울 텐데
그리도 빨리 보내렵니까

겨울도 가고 나면 그리울 것을
차가워서 아름다운 계절인데
보고파도 다시 못 올 나날인데

넷.

너의 하늘에
닿지 못한
나의 그리움

나의 그리움

달빛이 좋아
마당에 나왔는데

떠돌던 구름에
그 빛은 스러지고

까만 하늘 아래로
쓸쓸함이 짙어오네

달이 사라진
저 멀리에

옅은 바람소리
외로움에 지쳐 흐르면

내 님에게
전해지려나
보고픈 마음 접어
허공에 띄워 보네

한참을 맴돌다
날아가지 못하고
떨어지는 그것은

너의 하늘에 닿지 못한
나의 그리움

달빛을 잃어
길조차 찾을 수 없는
가여운 사랑이어라

꽃을 보아요

아침볕이 따사로운
마루에 걸터앉아
뜨락에 핀 꽃을
물끄러미 바라봅니다

분홍색 꽃잎에
이슬이 열려
보석처럼 빛나고
그 위로 향기가 피어나면

무지갯빛 날갯짓이 눈부신
나비가 찾아 듭니다

꽃은
부는 바람에 너울대고
나비는
꽃을 따라 춤을 추네요

한참을 보노라면
흐드러진 꽃 속에서
당신이 보입니다

우아한 자태
잔잔한 미소
당신은
꽃을 닮았습니다

저 마당에
당신이 피었다면
나는 나비되어
날아들겠지요

보고픈 당신
어서 내게로 와
함께 꽃을 보아요

꽃을 보는
즐거움이
당신을 보는
기쁨에 비할까요

이 아침
당신이 없어
꽃이라도 봅니다

목련꽃잎 따라서

목련꽃이 떨어집니다
하얀 잎사귀 나풀거려
사뿐히 흙바닥에 내려옵니다

돛단배 한가로이 강물 흐르듯
유유히 가지를 떠나갑니다

흐트러지지 않은 곱디고운 꽃잎은
떨어져도 가슴에 남습니다

목련은
피면서 봄을 부르고
지면서 봄을 가꾸나 봅니다

목련꽃잎 따라서
그 아리따움 따라서
봄날 푸르름은 또 눈부십니다

봄을 사랑하다

그대 숨결
잔잔히 불어오면
내 마음 흔들리고

그대 햇살
조용히 비춰오면
나의 미소 환하여라

그대
나의 봄이여
흰 눈 녹여 온
그리웠던 사랑이여

그대 오면
가지 끝에 꽃이 물들고
그대 머물면
초록잎 자라나 춤을 춥니다

그대
아름다운 봄이여
포근한 바람 타고 온
나의 님이여

나는
그대 사랑으로 피어나는
한 떨기 봄꽃입니다

그대 품에 안기고픈
수줍은 여인입니다

다시 태어난다면

꽃나무에 바람이 스쳐
메마른 흙길에 꽃잎을 떨구면
누구의 잘못인 양
애꿎은 바람을 원망하네

꽃은 져도 그 자리에 또 피어나는데
꽃이 진다고 그리도 애달픈지

내 얼굴에
바람골 깊어진 주름은
몇 배는 더 쓰린 아픔인데

시간의 흐름 속에서
나도 바람에 늙어가는
한낱 다자란 고목나무와도 같거늘
누구의 위로도 누구의 관심도 없네

세월의 끝이 보이는 때에

내 생명 다하면

나는 어디로 가서

다시 꽃처럼 태어날까

감나무꽃 목걸이

감나무 아래에 서서
지그시 눈을 감으면
어디선가 날아드는 향기로움에
멀어진 추억들이 다가옵니다

감나무 가지에 잎이 돋고
그 사이로 꽃이 피면
우리는 꽃그늘을 머리에 쓰고
파아란 하늘을 보았지요

산들바람에 감나무꽃이 떨어지면
꽃이 가여워 두 손 가득 주워 모아
예쁜 목걸이를 만들었어요

감나무꽃 목걸이를
그녀 목에 걸어주면
하얀 얼굴에는 바알간 꽃이 피었지요

그 옛날 그 곳
뒷산 언덕바지 감나무는
늙었어도 그대로 서 있는데
어릴 적 사랑은 간 곳이 없네요
나는 여기에 왔는데

아! 옛 님이여
당신도 그 시절을 그리워하나요

아! 옛 사랑이여
당신은 어디에서
세월을 따라 홀로 걷고 있나요

떠나야 하는 마음

밤새도록 비가 내렸다

밤새 내린 빗소리는
잠들지 못한 이의 벗이 되어
고독마저 씻겨 준다

새벽이 오려면 아직도 멀었는데
지저귀는 새소리에 선잠도 깨버리고

날이 새면 가야하는데
곤히 잠든 그대 얼굴에
사랑이 묻어있어 애처로움이 더해진다

혼자 남을 님 걱정에
한숨 쉬고 돌아누우면
어느새 여명은 유리창을 비춰온다

떠나기 싫은 이 마음
누군가 안다면
그친 비라도 다시 내려
가는 발길 막아주오

바람이라도 세차게 불면
핑계 삼아 돌아설 텐데

비 개인 저 하늘엔
바람 따라 구름도 떠나가고

내 마음 몰라주는 아침 햇살만
무심히 드리운다

까만 밤 하얀 종이 위에

까만 밤
하얀 종이 위에
연필에 마음 담아 그의 이름 써보면

곁에 없어도
가슴이 뛰어
한참을 쉬었다가 다시 쓰네

한줄 두 줄
쓰다보면
어느새 보고 싶고

그 마음
진정 못해
눈물 흘려 얼룩지면

종이는
구겨져
방바닥에 던져지네

부엉이
울음속에
창밖 별은 졸고 있고

이리저리
긁적이다
하고픈 말 다 못쓰니

구겨진
종이 위에
그리움이 또 쌓이네

푸른 하늘을 보고 싶은 날 비가 내리면

비가 그리운 날이 있다
그런 날 비가 오면 좋을 텐데

푸른 하늘을 보고 싶은 날
비가 내린다

그날은 슬프다

고단한 삶에
빗물의 무게마저 더해지는

그래서
좋아하는 비조차도
슬프게 만드는 그런 날

이런 날에는
진하게 커피를 내려
방안 가득 커피 향을 채워 보자

재즈가 흐르는
라디오를 크게 틀고

억누르는 비의 무게를
커피 향에 실어 날려버리고

조각조각 부서지는
슬픈 빗소리를
재즈소리로 녹여버리자

곧 비는 그치고
푸른빛이 맑은
반가운 하늘이 보일 테니

우산 속에 흐르는 사랑

저녁 비 내리는 골목길을
두 사람이 걸어갑니다
함께 걷는 모습에는
다정함이 스미어 옵니다

남자는 우산을 들어
그녀가 비를 맞지 않도록 받쳐줍니다
여자는 우산 속으로 전해지는
그의 따스함이 너무 좋습니다

남자의 한쪽 어깨는
비에 젖어 얼룩지고
여자의 고운 신발은
빗방울로 촉촉해 집니다

집 앞은 벌써 다와 버리고
내일이면 또 볼 테지만
헤어짐이 너무 아쉽습니다

빗소리는 잔잔히 다가와
은은한 음악 되어 흐르고
가로등 하얀 불빛은
담장아래 모퉁이를 비춥니다

가랑비 적신 우산 속에
살짝 닿은 양어깨
두 사람의 가슴에는
사랑이 여울집니다

봄은 꽃잎 따라 나비 따라

바람도 없는데 꽃잎이 흔들려
가만히 쳐다봅니다

나비 한 마리 꽃밭을 맴돌아
앉을 자리를 찾고 있네요

어린 나비의 날갯짓에
얇은 꽃잎이 흔들렸나 봅니다

나비는 살며시 꽃잎에 날아들고
꽃잎은 반갑게 나비를 맞아주고

이슬빛이 촉촉한 아침에
나비는 날개를 접어 꽃잎이 되고
꽃잎은 수줍게 피어 나비가 됩니다

꽃잎에 나비는 오래도록 머물고
꽃밭에 향기는 넘칠 듯 가득하고

어느새 봄은
꽃잎 따라 나비 따라
예쁘게 향기롭게 다가옵니다

꽃잎 날리고 향기뿌리며

손끝에 닿은 꽃잎에
바람이 불어와 그 꽃잎 날려 가면

보랏빛 물들었던
내 마음엔
지울 수 없는 그리움이 남고

푸름이 자라나는
나뭇잎 사이로
보일 듯이 잡힐 듯이
햇살이 익어 가면

날아간 꽃잎은
그리움 지우려
아카시아 가지 끝에
향기 되어 피어나네

아마도 봄은 그렇게 가려나 보다
꽃잎 날리고
향기 뿌리며
그렇게 떠나려나 보다

별이여

별빛이 그리워 하늘을 봅니다

함께 보았던 별인데
혼자 보려하니
찾을 수가 없네요

별이여
어디에 있나요
그냥 그 자리에 머물러 주어요

다른 하늘 아래에서
나처럼 너를 찾고 있을
그 님이 슬퍼하지 않게

별이여
그 빛을 잃지 말아요
예전처럼 가만히 반짝여 주어요

다섯.

별은
저녁에 다시 뜨고
꽃은 봄날 또 피는데

사랑만으로 곁에 둘 수 없음을

당신과 매일
행복이라는 식탁에서
사랑이라는 아침을 먹고 싶었습니다
큰 욕심인가요
당신은 이별을 말합니다

가시렵니까
보내드리지요
어차피 내게 올 수 없는 거라면
보내는 게 맞겠지요

아침 오면 떠나는 별처럼
가을되면 지는 꽃처럼
그렇게 가시렵니까

별은 저녁에 다시 뜨고
꽃은 봄날 또 피는데
지금 가는 당신은
돌아오지 않을 테지요

상처는 작아도 아픔이던데
당신이 준 심연의 고통은
나를 슬프게 합니다

당신이 떠난 후에야
내 곁을 떠난 후에야 알았습니다

사랑만으로 곁에 둘 수 없음을
그제서야 알았습니다
바보같이 말입니다

걱정

구름아
하늘을 가리지 마렴

우리 님 내게 오시는데
네가 달빛을 가리면
어둠이 짙어져
길을 잃을라

구름아
어서어서 흘러가렴

우리 님 날 찾아오시는데
네가 별빛을 가리면
혼자 걷기 무서워
뒤돌아 가버릴라

사랑이 머물면

사랑이여
어디에 머물러도
너는 아름답다

꽃잎에 머물면 향기가 되고
하늘에 머물면 무지개가 된다

너는 지금
내 마음에 머물러

향기 짙은 꽃보다
무지개 핀 하늘보다
나를 아름답게 만든다

사랑이여
나에게 머물러
너는 더욱 아름답다

외로움 밀려오면 그리움은 몰아치고

외롭습니다
혼자 깨는 아침이 외롭습니다
비워진 저녁의 시간이 외롭습니다

그립습니다
당신의 환한 웃음이 그립습니다
당신의 향기로운 숨결이 그립습니다

당신이 그리워 나는 외롭습니다
외로움 밀려오면 그리움은 몰아칩니다
잔잔한 외로움에 서러운 그리움

외로움 깃든 시린 마음은
누군가 아물게 하지만
그리움 패인 영혼의 아픔은
오직 당신만이
치유할 수 있습니다

당신이 준 스치는 외로움도

당신을 향한 애절한 그리움도

나에겐

끝없는 축복입니다

진정 사랑하였기에

애틋한 축복입니다

그때의 사랑

기다려 달라는
그 말을 차마 못해
어서 들어가라는
손짓을 보냅니다

입안을 맴도는 한마디
끝내 삼키고 맙니다

차창 너머
멀어지는 모습 보며
젖어 버린 미소만 띄웁니다

아쉬움은 바람 되어
머리카락을 감습니다

미련함은 눈물 되어
볼 위에 흐릅니다

사랑은 그렇게
그리움이 되었습니다

되돌아가고 싶은
그때의 날들이여

흩어진 기억 속
소중했던 사랑이여

하늘 그리움

노을 떠난 하늘 위에
그려보는 내 님 얼굴

달빛 노는 밤하늘에
구름 같은 내 님 얼굴

눈을 뜨면 사라지고
눈 감으면 떠오르는

사랑하는 내 님 얼굴
하늘 닮은 내 님 얼굴

그 님 얼굴 보고 싶어
고개 들어 하늘 보네

감아 버린 두 눈가에
흘러내린 눈물 줄기

그리움은 사무치게

텅 빈 마음 적셔놓네

그리움은 바람처럼

바람처럼 불어오네

그리움은 그리움은

별빛 되어 반짝이네

전하지 못한 말

솜사탕이 많이 커서
오랫동안 달달함을
느낄 줄 알았는데
어느 사이 입안에서
녹아버리고

손에 쥔 작은 꼬챙이에
붙어 있는 설탕가루를
이리 저리 핥으며
아삭거리던 그 맛에
입맛을 다시네

솜사탕처럼 녹아버린
그 시절 옛사랑
흐린 기억으로 남아있지만
달콤함도 설레임도
자꾸 아쉬움이 드는 것은

아마도 전하지 못한
하고픈 말
그 말이 있어서겠지

끝끝내 붙잡지 못한
그리운 사람
그 사람 때문이겠지

내 지갑 안 사진 속 당신

우연히 당신을 보았습니다
낯설지만 낯익은 그 모습
흐릿한 추억 속에 남아 있는 그 얼굴

비틀어진 장롱 속 깊숙이
들어앉은 사진첩을 꺼내지 않아도 압니다

눈이 녹고 싹이 돋고
흐르는 시간 틈에 많은 것이 변했지만
당신은 내 지갑 안 사진 속에
어릴 적 그대로 있었습니다

오래되어 찢어진 기억의 천 조각을
한 뜸 한 뜸 바느질해 보면
애틋한 사랑이 떠오르고
나이 든 당신의 모습에서도
그때 그 얼굴이 느껴집니다

모르는 남이 되어 지나쳐 가는 당신
세월에 깎여간 바위의 슬픔보다
바람에 꺾어진 꽃대의 아픔보다
당신을 우두커니 바라보는
내 서러움이 몇 배는 더 큽니다

그렇게 나는
옛 시간 속으로 당신을 보냅니다
우리 엉클어진 인연의
실타래를 풀지 못한 채
또 그렇게

추억이 지워지기 전에

아직은 기억이 난다
그때 그 의자
그 얼굴
우리가 마주 앉아
나눈 얘기들

추억이 지워지기 전에
너를 만나면
웃으며 그때를 떠올릴 텐데

세월이 많이 지나
너를 만나도
누군지 알지 못하게 된다면

나는 흐른 시간 속에
묻어버린 기억으로
너를 몰라봄에 슬퍼하겠지

추억이 지워지기 전에

너를 본다면

지나간 나날들이 덜 미안할 텐데

먹어버린 시간

인생의 곳간에서
시간의 식량이 비워지면
나는 배부름의 추억을 잊고
슬픈 굶주림으로
먹어 버린 시간들을 그리워 할 테지

뱉어 버리고
흘러서 치워버린 시간들이
내 인생의 소중한 한 부분이었음을
지난 후에야 알게 되겠지

남아 있는 시간들로
허기진 배를 채울 수 있다면
그것만으로도 행복한 삶이었음을
조금은 깨달아 가겠지

하얀 고무신

양손에 쥔 고무신 두 짝
발에 신지 않고 고사리 손에 쥐었네

엄마가 떠나며 사준 하얀 고무신
흙이 묻을까봐
때가 탈까봐

엄마 보고플 때 고무신은
닦아서 더 하얘지고

엄마 그리워 까만 밤은
또 하얗게 지새우고

고무신이 닳아버리면 엄마 마음 아플까봐
어린마음 미안해지지 않으려고

오늘도 새 고무신 손에 쥐고
떨어진 헌 고무신을 신습니다

나 사는 동안

나 사는 동안
너를 잊는다면
더할 수 없는 미안함에
살 수 없을 것이라 생각했어

너를 보낼 때의 아픔과
그리움의 고통이
이제는 잊어야 하는
슬픔이 되려하네

이별은 늘 사랑 곁에
머물렀음을 그땐 모르고
다가온 헤어짐에
울음을 참아야 했네

나 사는 동안
너를 잊어야 함에
가슴의 멍울은
또 다시 아려오고

이제 나는
너를 보낼 때의 아픔보다
너를 잊어야 하는 슬픔,
그 두려움에 몸서리친다

나 사는 동안
너 없이 그렇게
그렇게 이젠
살아가련다

당신이 내게 한 말

그때 당신이 내게 한 말
영원히 사랑한다는 말
참 달았는데

지금 당신이 내게 한 말
우리 헤어지자는 말
너무 쓰다

사랑을 거짓으로 만들어 버린
평생 듣고 싶지 않았던 그 말

그때 눈으로 보고
마음으로 느껴
내게 전해진 것은
틀림없는 사랑이었는데

지금 귀로 듣고
손으로 잡은 것은
돌아선 당신의
싸늘한 옷소매

그때 사랑 이야기는
지금 이별 노래되어
빈 하늘 속으로
공허하게 사라진다

당신이 내게 한 말
슬픔으로 남은 아름다운 말

사랑했다는 그 말

여섯.

남몰래 커버린
풀잎마다
이슬이 열리고

아침 창문을 열면

가려진 옅은 커튼에
밝은 기운 돌때
새벽 어둠은 어디론가 흩어지고
낯익은 아침이 다가온다

나뭇가지에 걸려
잘게 쪼개진 햇빛 조각들이
사뿐히 창가로 떨어지면

창틀에 올려둔
선인장 화분에 꽃봉오리는
느리게 꽃으로 피어난다

아침을 보려
창문을 열어젖히니

숲 바람 타고 날아든 솔향기가
좁은 방안을
금세 솔밭으로 만드네

창밖 흙담 아래에
남몰래 커버린
풀잎마다 이슬이 열리고

멀리 과수원으로
향하는 길 어귀에는
오랜 느티나무가
햇살 속을 비집고
힘찬 기지개를 켠다

아침 창문을 열면
힘겨웠던 지난밤도
기쁨으로 깨어나고

지쳐있던 마음도
산뜻한 기분 되어
다시 일어난다

별이 되리라

어둠이 물든
밤하늘 귀퉁이에
떠있는 작은 별은

그 흐린 빛으로도
내 그림자를 머물게 해
허전함을 덜어주네

생각해 본 적이 있는가
이 삶이 끝나면
어디로 가야 할지를

일생을 잘 쉬었다가
그마저도 힘들어 가야 한다면

나는 홀연히 떠나
저 하늘의 별이 되리라

해처럼 밝지도
달처럼 환하지도 않은
작은 별

외로운 이에게 벗이 되고
꿈꾸는 이에게 희망이 되는
그런 별이 되리라

나약하지만 착한
누군가의 그림자를 만들어
혼자가 아님을
알려 주리라

나는 다시 태어나
별이 되리라
그대 비추는
행복한 별이 되리라

함부로 말하지 마세요

강아지의 재롱을 보고
귀엽다고 함부로 웃지 마세요
어미를 그리워하는
애절한 몸부림일지 모릅니다

지저귀는 새 소리를 듣고
예쁘다고 함부로 말하지 마세요
잃어버린 짝을 찾는
구슬픈 울음일지 모릅니다

맑고 푸른 하루가
비를 기다리는 누군가에게는
힘든 날일 수 있듯

당신의 미소가
나의 눈물이 되고나니
보이는 것이 다가 아님을
이제는 압니다

사랑 느낌

보았습니다
너의 얼굴을
너의 눈동자를
너의 설레임을

잡았습니다
당신의 손을
당신의 마음을
당신의 사랑을

웃었습니다
길가의 꽃들이
나뭇가지의 새들이
하늘 위 구름이

그리고
우리 둘이

달빛 사랑

달이 떴다
나의 등 뒤에
너의 눈동자에

어둠속 가녀린 마음에
달처럼 밝은
사랑이 다가오네

너의 눈빛은
고요에 흔들리고
나의 순정은
달빛에 빛나여라

마주 선 우리 둘 그 곁으로
짙어진 달그림자
하나가 된다

도화지에 그린 행복

어제는 도화지에
꽃이 있는 집에서 뛰어 노는
나를 그렸습니다

오늘은 그 도화지에
예쁜 당신의 얼굴을 그립니다

내일은 아기와 강아지
그리고 무지개를 그리렵니다

사랑이란 물감으로
정성스레 색칠하면
작은 도화지에도
큰 행복이 그려집니다

그림을 그리듯
행복은 내가 만들어 갑니다

아가와 별

유리 창밖 하늘가에
꼬마별이 모여들면
엄마의 자장가 소리는
잔잔히 방안을 흐르고

옹알거리며 누운
아가의 눈망울에도
별이 반짝입니다

별빛이 눈부셨나
아가는 잠들지 못하고
엄마는 졸리운 듯
노래 속에 하품이 섞이고

토닥거리는 손짓에
살며시 사랑이 녹아들면
아가는 별빛타고
스르르 꿈속으로 떠납니다

가족

모두가 고단한 삶이지만
그래도 내 인생이 빛나는 건
사랑하는 가족이 있기 때문입니다

가족이 늘 함께하는 것은
일상이 아니라 행운입니다
누군가에게는요

보고플 때 볼 수 있다는 것
그것이 제일 큰 행복입니다
그래서 가족입니다

별을 따려다가

촛불을 켜서
방을 밝히려는데
성냥이 없어
그냥 밖으로 나왔어요

밤은 깊은데
하늘이 환하여
고개 들어
올려다보네요

무수한 별들이
뽐내듯 반짝거려
빛을 뿌립니다

자주색 작은 별
하나만 따서
내 방에 걸어 두어야지

작대기 들고 사다리 타고
하늘로 올라 볼까요

흘러온
구름 속으로
어느 틈에
별은 숨어 버려요

별님아
너를 따지 않을게
사뿐히 걸어 나와
아까처럼 반짝여 주렴

밥상

우물물 길러 씻은 쌀에
완두콩 한 줌 넣고
장작 지핀 가마솥으로 밥을 짓는다

뒤뜰 텃밭에서 상추 따고
오이 깎고 마늘 잘라 된장 옆에 두고
논두렁 깻잎 뜯어 양념장 바르고
밭이랑 고추 잎으로 나물을 무친다

마당 귀퉁이 닭장에서
아침에 낳은 계란 몰래 꺼내
양은 냄비로 찜을 만들고

대파 썰고 무 썰어
장날 사온 소고기와
국을 끓인다

정성스레 만든 밥과 반찬으로

상을 차리면

숟가락도 들지 않았는데

눈으로 먹은 밥에 군침이 절로 돈다

혼자 먹는 밥이지만

근심 없이 배부르니

이 또한 즐거워라

내 어머니 시집오신 그 해

감자 찌고 국수 삶아
소쿠리에 가득 이고
시원한 탁주 한 사발
주전자에 부어 담고

뙤약볕 내리쬐는
좁다란 논두렁을
젊은 아낙이 걸어갑니다

오솔길 굽이지나
개여울 징검다리 사알짝 넘어
조심스레 건너갑니다

느티나무 그늘에 잠시 앉아
이마에 땀방울 닦아내고
작은 버선발에 흰 고무신 고쳐 신고
또 걸어갑니다

쪽진 머리에 은비녀 곱게 꽂고
분홍저고리 옷고름은 살포시 동여매고
진달래꽃 따라 시집온 열여덟 새악시

시끄러운 참매미가 목청껏 울어대도
새색시는 어깨춤이 절로 납니다
낭군님 보고파서
무거운 십 리 길도 즐겁기만 합니다

뽀얘서 앳된 얼굴에
뒤뜰 맨드라미보다 더 붉은
사랑 꽃이 활짝 피었습니다

당산에 살구는
주황빛으로 익어가고
가뭄 든 참깨 밭에도
나비가 날아듭니다

아버지 젊을 적 하루

저녁 연기 피어올라
밥 짓는 향이 동구 밖까지 흘러오면
노을은 바람 타고 서산을 넘어 간다

색시가 기다릴라
밭 매던 손 거두고
오늘은 이만 가야겠네

집으로 향하는 길
뚝방길 아래로
잔잔한 개울물이 유난히도 반짝인다

낮에 담았던 햇살이
아직 남은 걸까
물위를 쳐다보니

구름을 나온 둥근달이
등 뒤를 따르다가
먼저 와 멱을 감네

저 달을 건져서
앞을 밝혀 집에 갈까
두 손으로 잡으려다 놓치고 또 놓치고

도저히 잡지 못해
손만 씻고 일어서네

집으로 가는 길
들판을 놀던 제비도
길동무 되어 날으고

휘파람은 절로 나와
발걸음도 가벼워라

어깨에 멘 괭이 끝에
물속 둥근달이 언제 걸렸을까
어둠 깔린 밤길을 반갑게 비춰주네

목동아파트

내가 사는 목동아파트엔
단지 곳곳에 나무가 많아
마치 공원에 살고 있는 것 같습니다

새들도 모여들어 그 지저귐이
아침 햇살보다 먼저 나를 깨웁니다

봄에는 라일락 향기가 베란다 창가로 흘러와
상큼함과 싱그러움을 가져다 줍니다

안양천 강둑길에 왕벚꽃이 흩날리면
동네 사람들은 축제 속에 아침을 열고
기쁨 속에 저녁을 닫습니다

여름에는 놀이터 옆 플라타너스 넓은 잎이
하늘을 가려 그늘을 만들어 줍니다
아이들은 그 아래에서
땀을 닦으며 더위를 식힙니다

파리공원 노래하는 분수대는
시원한 물줄기를 하늘 높이 뿜어대며
무지개를 선물하기도 합니다

가을에는 은행나무, 대추나무, 감나무에
열매가 영글어 풍성함을 선사하고
그 속에서 이웃들은
가을의 여유를 느낍니다

낙엽 날리는 가로수 길을 걷노라면
마치 시골 마을 오솔길에
서있는 듯한 착각에 빠집니다

겨울에는 군밤장수, 붕어빵장수 아저씨가
차가운 손 불어가며 돈 내미는 꼬마에게
추억을 만들어 줍니다

아파트 숲속에 눈이라도 내리면
사람들은 그곳에서
포근한 겨울을 만들며 일상을 보냅니다

나는 정겹고 아름다운
우리 동네, 우리 집에서
매일 아침 행복한 하루를 시작합니다

나는 목동아파트에 삽니다